KB269067

시와 하늘

민음사

自序

회갑을 넘긴 지도 좋이 일 년이 넘었다. 그때 뭔가 흔적이 될 만한 것을
남겨보려고 그 동안 여기저기 흩뿌려놓았던 시들을 한데 묶어보았던
것인데, 이런 저런 사정으로 이제야 그 얼굴을 보인다.

시를 만지기 시작한 지 어언 반세기가 넘었다. 고작 세번째 시집을 가까
스로 낸다. 남은 세월에 막판 스퍼트를 낼 참인데, 하늘이여, 시여.....

차례

은이에게 바친다

꽃

——戲詩·2

혹
어둠에 구멍이
천 개나 만 개나
나 있다면

거기
빈 자리마다
하늘 한 묶음
바다 한 묶음
넣어두리

꽃
하나씩
봉오리지도록

재회

──戲詩·3

사랑은 버릴 수 있어도
정은 버릴 수 없는 것

송대관의 노랫말에도 들어 있듯
아련한 정 때문에

십년 살다 마음 식어
걷어찬 남/여자도

그 끈끈한 아픔 때문에
다시 거두어들임

기차표 한 장 달랑 들고
달려가 만남

저녁 먹고 곧
여관에 감

몸 씻고 살짝
건드림

타는
목마름으로

올라감
내려감

내려감
올라감

또 씻고
헤어짐

그게 바로
참사랑인가 본데

* 사선 부분을 읽을 때 여성 독자는 〈남〉을, 남성 독자는 〈여〉를 선택
  하길 권함.

또 하나의 몸詩
―― 戲詩 · 6

몸밖에
없어
다 팔아먹고 남은
몇 개의 지식
나부랭이
와
다 짜내고 남은
몇 개의 정욕
찌꺼기
가
함께
가난히 잠든
이 몸밖에
아무것도
없어
내겐,
또 잽혀먹을 땅이
남아 있나
따로 챙겨둔 돈이
남몰래 있나

이 썩어도
시원찮을 정신
과
이 썩어도
시원찮을 육체
가
함께
입술 맞부비며 누워

가난히 시시덕거리는
이, 이 몸밖에는
애인아
아무것도
없어
내겐,
네게 줄 수
있는 건

戱詩·7

1

낱말을 훔치며
낱말을 흉내내며
낱말을 갉아먹으며
낱말을 죽이며
낱말을 살리며
살아온 지 삼십여 년

오 너, 슬픔과
기쁨과 허무
회오리침

2

위의 텍스트는
오늘 아침 방을 쓸다가
어느 낡은 편지봉투 위
씌어져 있는 걸

우연히 발견한 것

마지못해
주워
대구광역시
시와 반시
에 보낸
다
(좀 손을 보아……)

경이를 줍듯
떨며 주워야

할 일인데
정녕
옳을 일인데

곁눈질로
둘레
둘레

살펴 쌓
다가
마지못해
슬쩍
주워
대구광역시
시와 반시
에 보낸
다
(좀 손을 보아……)

굵을
더 굵을
누룽지가
이젠
없기 때문이다

3

누룽지
란
시 쓰는 사람들
끼리만
통하는

은폐된
언어로서

즉,
다시 말해
은어로서

우리끼리만
오, 불쌍하고
초라하고
오, 그러나
위대한

우리끼리만
통하는
전언이다

어머니가
부엌 너머
내게 내밀어 주던
그것도
물론 맛있었지만

이것도 역시
그만큼
구수하구나
사람 살려주는
누룽지다

오, 누룽지!

戲詩·8
—— 全榮慶 옹께 바침

수염을 기르기로 했다 수염 속에는 내 할아버지 한숨과
영혼이 숨어 있고, 고성군 고성읍 죽계리 방제 밑 멧돼지
의 움막이 있다 생명인 듯 엎드린 초가삼간이 있고 역사
가 있고 내 고모 오줌싸개 하늘처럼 내리덮었던 체머리가
있고 소금이 널브러져 있다

수염을 기르기로 했다 수염에는 비록 콧수염이 있고 턱
수염이 있고 뺨까지 타올라간 뺨수염도 있다 그렇지만 중
자와 후자는 재미가 없고 전자만 아주 멋있어 이미지 갱
신 겸 달고 다닐 심산인데

수염이 오늘 낮잠을 자고 나니 갑자기 온데간데없다 꼬
마 딸녀석이 며칠 전부터 늙어 보인다고 앙탈이더니 기어
코 일을 낸 거다 딸녀석의 가위질로 한숨. 영혼. 움막.
초가삼간. 역사. 체머리. 소금이 어디론가 죄 잘려나가고
허무 한 개만이 휘둥그레 도리질을 하고 있다

수염은 그러나 또 기르면 되지 그렇고말고 오늘의 역사
바로 세우기, 시대의 마당극을 위하여

戲詩·9

부산연제구
연산로터리부산은행건물
지하해암다방

시와자유(의)
여신앞

입상축하동인내외
만수무강서울짠배

텔레그램끝

동덕여대인문대학
독문과배상박
1996. 3. 7.

* ( )는 읽어도 좋고 읽지 않아도 좋음.

戱詩·10

1 내 죽음의 몸
곁에 두고서

당신은 울고
웃고 서 있겠네요

2 저승에 가
있더래두

빚진 돈은
꼭 갚어유

당신/댁이 써준
차용 증서

당신/댁이 사준
화장대 깊숙이

숨겨놓았
걸랑요

1 내 죽음의 몸
곁에 두고서

당신은 울고
웃고 누워 있겠네요

26

비염을 두고서 옛 선인들은 염(炎)이란 말을 바꾸어 비
연(鼻淵)이라 했다 하니 콧속의 연못이라는 새김 아닌가
옛 사람들은 밥 먹고 맨날 시만 쓰고 살았나 보다 찰랑찰
랑 못물이 일듯 내 코가 안에서 또 쬐금씩 흔들리면 머얼
리 뱃놀이나 한번 나가볼거나 낭자 하나 곁에 앉히고 연
방 재채기를 하면서 말이다 아득한 안개 속으로 자욱이
숨어들면서

戲詩 · 14

—「밤바다 여행」을 읽고

자기가 아닌
자기

남이 아닌
남

자기를 잃고서야
자기를 찾는

자기. 남
남. 자기

ㅁ ㅏ ㄴ 남

戱詩·16

고현철이라는 놈이 어인 놈인가
꾀도 많고 평론의 조조라고 할까
그놈이 나를 기술적으로 씹는단 말씀이야
씹어도 고이 씹어야지 고현놈 고현철

속임수를 쓰다니! 나이는 몇 살이나
처먹었고(아니지, 문학에, 비평에 인생
계급장 들먹이면 나만 먹칠하는 거야
이 텍스트를 읽는 사람들 허허 웃을

텐데) 그놈 그래도 감히(뺄까?) 어디에다
삿대질이냐 그놈이 좋은 것들은 깡그리 놓아두
고스리 하필 내 메타시들 중에 딱 고
것만 들추어내지 고것도 정진규의 몸놀이

시와 이승훈의 인칭의 의미론 놀이시
를 겨냥하여 각각 한방씩 먹여버린 그
멋진 대목일랑 홀랑 벗겨내고스리 나머지
별 쓰잘데없는 잡초 꼬투리만 두둥실 띄워

고현철이라는 생면부지의 그 고현놈이 아아
아 그놈이 버릇도 없이(뺄까? 넣자)
날 어르고 뺨친다 말야 속임수를 쓴단
말야 씹어도 고이 씹어야지 씹헐놈(넣자)

戱詩·17

올 듯하면서도 정작 오지는 않고 온 듯한데도 정작 온 것
같지도 않고 오는가 했더니 정작 가버린 몸아 흐름아

힘껏 쏟아내어야 맞힌다고 그런 헛생각일랑 아예 거두
어라
쏟아냄 그게 그때마다 맞힌 것이라 그렇게끔 마음 아예
정하면
더 좋고 넉넉한 것 실패는 성공의 애비일지어라

갈 듯하면서도 정작 가지는 않고 간 듯한데도 정작 간 것
같지도 않고 가는가 했더니 정작 되오는 몸아 흐름아

戲詩 · 18

길거리 농구에서는
남자가 골을 넣으면 1점
여자가 넣으면 2점이다
그것 참 괜찮은 심판이다

세계의 평화는
어느 편이 골을 더 넣을
것인지 상관없이
그렇게 기본이 튼튼할 때
봄꽃처럼 키가 자란다

그렇게 기본이 불평등하게
평등할 때

戱詩・19

사람은
책을
만들고

책은
사람을
만든다

교보문고
입구
벽 사이에

진초록으로
새겨진
聖言

오늘도
그 앞을
지나며

고개 숙인다
사람이
사람 만든다

戲詩 · 20
—— 남송이에게

요번엔 남쪽의 송이버섯 송우가 대뜸
앞으로 나와 연방 삿대질을 하는고나
고현놈은 철따구니가 없어 그러타카드
라도 또 이놈짜석은 지가 무엇 안다고

욕설을 너머, 메타시를 너머, 해삼씨롱
붉은 깃빨을 드높이 치키너느냐 말야
와 본인이, 평소 얌전키로 소문이 짜짜한
이 사람이 더르릉 울화통을 깼는지

그 원인을 속속들이 비평적인 눈깔로
분석하지는 않고, 씨펄, 하고 한번
좆나게 쌍욕한 걸 꼬리채 잡아
이러쿵 저러쿵 열린시를 옹졸하게

시리 닫힌시로 마구 막아버리니
보소 보소 남쪽의 송이버섯 송우 씨
씹어도 고이 씹어야지 X헐놈,
으로 고치겠소 그게 두운법에 아조 어긋

나더라도 말이오 고현놈과 함께 자갈치에
서 한잔 하입시다 문학적으로 지가 옳았지만
사적으론 이 성님 앞에 백배 사죄한다고
그놈이 또 뺨치고 어르고 있다카이

* 그러타카드라도: 그렇다 하더라도
  짜석: 자식
  지가: 자기가
  해삼씨롱: 그렇게 하면서
  짜짜한: 자자한
  와: 왜
  하입시다: 합시다
  성님: 형님

후기시대

──戱詩·23

그 친구 말로는 오늘은 자기 차이니 탁 안심하고 타라는 것입니다 어제는 아버지 차라고 했잖느냐, 대뜸 퇴박을 주었더니 그 친구 빙그레 웃으며 오늘 아침 아버지에게 일부 대금을 지불하고 사기로 계약을 맺었으니 이젠 자기 차라는 것입니다

며칠 후 그 친구를 또 만났습니다 그의 말로는 오늘은 어머니 차이니 좀 조심해서 타라는 것입니다 며칠 전에는 자기 차라고 했잖느냐, 호되게 퇴박을 주었더니 그 친구 또 빙그레 웃으며 오늘 아침 어머니에게 일부 대금을 영수하고 팔기로 계약을 맺었으니 이젠 어머니 차라는 것입니다

며칠 후 그 친구를 또또 만났습니다 그의 말로는 오늘은 아버지 차이니 좀좀 조심해서 타라는 것입니다 며칠 전에는 어머니 차라고 했잖느냐, 더욱 호되게 퇴박을 주었더니 그 친구 또또 빙그레 웃으며 오늘 아침 어머니가 아버지에게서 일부 대금을 영수하고 팔기로 계약을 맺었으니 이젠 아버지 차라는 것입니다

그 친구 지금 아버지 차를 빌려 타고 옆자리에 앉은 나
를 힐끗 곁눈질하며 로데오 거리를 질주합니다 환하게
사람들이 물고기의 지느러미를 단 듯 팔랑이며 가고 있습
니다

戲詩 · 24

코는 비염
못물처럼 흔들린다

귀는 이명
보청기를 달아라

눈은 녹내장
수술해도 소용없다

이는 보철
의치가 태반이다

아직 예순이
저만큼인데도

현상 유지가
급급코나

팔은 의수
다리도 의족이냐

심장도
인조냐

아랫도리는
쬐끔 꿈틀

그나마 아직
살아는 있는구나

戲詩 · 25

어허
또또

뭣?
메타시가

패러디시의
한 유형이라꼬?

무신 소리
택도 없다

패러디시가
메타시의

한 유형이지
좀더

배워!
배워 남 주냐

뭣?
이승훈은

나, 너, 그,
S를 두고서

빙빙 돌며
족히 이백은 갈겼고

라고, 본인이
비판한 게

비판이 너무나
미약하다꼬?

택도 없다
네놈 선생이 쓰신

인칭의 의미론을
두 무릎 꿇고서

한번 더 읽어봐
배워 남 주냐

정진규는
술에 썩은 몸으로

몸詩 백 개를
뭉갰으니

그 아이러니
한방 까놓은 게

뭣?
너무나 미약하다꼬?

야, 임마
비평 똑똑히 해

바로 그 부분
와 몽땅 뺐냐

그땐, 아예
깜깜 몰란 거 아냐

아니면, 눈감고
아옹 했거나

그래 놓고설랑
이제 와서

뭣? 뭣?
메타시의 우려성을

넘어서 어쩌고
저쩌고?

고현놈
네 죄 네가 알렸다!

아즉도
반성 못하고

뻥만 까는
비뻥가 놈을

잡는 게
메타시다

호랑이 잡는
담보가

곧 바로
메타시다

메타시는
페러디시를

뱃속으로
꿀꺽 집어삼키고

허허, 웃는
담보다

알겠냐
예끼, 헌칠아

隣人

가까이 있는
사람을
멀리 하라

고소 사건의
십중 팔구
는

가까운
사람들끼리
의

싸움이기
때문이지
먼 사람은

멀리 있기
때문에
상관이 없지

보살頌
—— 戱詩·27

당신은
몇 개의 손을
가지고 있는가
내가
만지지 못하고
놓치는 숱한 부분을
당신이 가진
그
몇 개인가의
손 가운데
하나가
저마다 건드리고 있다
연잎이 떨어지고
솔바람이 부비며 가고
하늘 몇 자락
하늘하늘
뜨내려오는
그
슬기로운 세상의
마지막 부분까지

당신은
놓치지 않고
아주 매만지고 있다
당신은
몇 개의 손을
가지고 있는가
다섯인가
열인가 스물인가

소설 타령

—— 戲詩 · 28

어린아이와 부엌 사이에 소설이 있다
어린아이가 부엌으로 가려면
소설을 밟고 가거나
팔짝 뛰어 소설을 넘거나
아무튼 무슨 관계를 맺어야 한다

그런 관계를 무시하려면
어린아이가 부엌으로 가지 않든지
아니면, 외려 부엌이 걸음마를 떼며
어린아이에게로 접근해야 한다
그래야 서로 산다 잔뜩 산다

부엌과 어린아이 사이에 소설이 있어
부엌이 어린아이에게로 가령 가려면
역시 소설을 밟고 가거나
팔짝 뛰어 소설을 넘거나
아무튼 무슨 관계를 우선 맺어야 할 터인데

부엌은 밟을 발도 아예 없거니와
발이 설령 있다 하더라도 밟거나

팔짝 뛸 수 없는 처지이기 때문에
소설은 완전 방해지물이 된다
소설은 그냥 소설로 있는데도……

읽지도 않는 소설 때문에
부엌과 어린아이 사이에
균열이 진다

* 잔뜩 산다: 李箱의 소설 「지주회시」의 초입 부분에서 인용함.

미련
―― 戲詩 · 29

옷장과 침대 사이

받침대 위에

미숙이가 놓고 간

6월의 화분이 놓여 있고

거기 모래톱 속

깊숙한 곳에

꽃뿌리 하나

아픔으로 또아리를 틀고 있다

바다 몇 개

옷장과 침대 사이에

밀려와서 춤을 추다가

또 되돌아갈 듯……

거기 망울 속

릴케가 숨겨둔

6월의 죽음이

부스스

눈뜨고 있다

토라져 누운

오늘의 언약

저만큼

떨고 있다
옷장과 침대 사이

祝華婚
——戱詩 · 30

21세기가 되면
시집간다는 말은 없어야 할 터이다
그냥 결혼한다고만 하면 될 일이다

TV극 목욕탕집 남자들 방영
을 본 사람이라면 알 터인즉
대가족제란 오늘날 희극에만 존재한다
시어머니를 모신다는 말은 이젠 잊어버리자
시아버지를 모신다는 말은 이젠 잊어버리자
시누이, 시동생과는 눈치보며 공대할 것 없이
서로 친구가 되자 좋은 친구가 되자

가령, 목욕탕집 남자들에서는
할머니와 할아버지는 자력으로
목욕탕 하나를 잘 운영하고 있다
그러니 구태여 큰 아들네에든 작은 아들네에든
얹히어 살 까닭이 전혀 없는 터이다
얹히어 살면서야 짐짓 큰소리칠 까닭은 더욱 없으렷다
그만한 기력에 여력이 남아 있을진대
돈 지불하고 집안일 할 사람을 따로 구하면 된다

또, 목욕탕집 남자들에서는
형제 자매 가족들끼리 (오손오손?)
진정 모여 살 필요가 있는가
그게 필수불가결 하기라도 한 일인가
모이면 오히려 으레 엉망이 되고
헤어져 있어야 각기 참되고 자기답게 사는 것, 아닌가
이젠 대가족제는 TV에만 희극으로
남아있을 뿐

아울러, 시집간다는 예도는
주지하다시피 지난 농본사회의 유산물이다
오늘날의 후·탈산업사회에 조히 걸맞는
제도는 도무지 아니다 그렇다

21세기에 가서 여자들은 모두
시집간다고 말하지 말 일이다
그냥 결혼한다고 하면 될 일이다

변경의 벌레가 될 때

──戱詩·31

중심에는 가장 허술한 사람들이 선생이 되어 앉아 있습니다 그냥 앉아 있다기보다 찰떡처럼 고착되어 있다 할까요? 한번 앉으면 설 줄 모르는, 그래서 다른 자리를 찾지 않고 찾을 염도 않고 찾을 실력조차 없는, 그그래서 영원한 실력자로 그 자리에 중심으로만 군림합니다

선생보다 나은 사람들은 선생의 옛 제자들입니다 그들은 사실 그 선생의 선생이 되고도 남을 위인들입니다만 변두리의 아름다운 중심화를 위해서 그냥 변경에 죽순인 양 죽치고 있습니다 그들은 비록 실세는 없되 정작 실력이 별처럼 넘치고 파도처럼 빛나는 일꾼들이랍니다 가난한 가장자리의 민주화와 국제화를 위해 힘차게 팔을 젓고 다리를 뻗고 운동하는 애국자들입니다

바람과 자갈과 젖물을 진흙으로 한데 섞어 하나씩 토방을 지을 일입니다 세계화란 중심의 선생들이 자리를 화악 털고 일어날 때, 변경의 한 마리 벌레가 되어 저마다 정직한 땅을 팔 때 그 길이 열립니다 그리하여 변경의 옛 벌레들이 중심의 선생으로 모두 앉게 될 때

징역의 술
─── 戱詩·32

내 예술의 껍질이
두들겨 맞아
빗겨가는 마지막 자리는
장타령이나 혹은
육자배기가 구성진
수정이 붙타는
주막

구속의 그 주막에서
밖을 내다보면
거기
탄산의 노란 물결 위에
흔들리는 동체
제누아 선박의
조용한 장난

깨어나는 오성의
뼈로 수리한
그 잘난
희랍의 어선을 훔쳐 타고

나도 내용의 더운 바다로
기약 없는 출항을
해볼까

한 마름의 그물도
없는 빈털털이

나의 무지의
열려 있는 손바닥 위엔
형이상학의 물고기는
몇 마리쯤
잡힐까

내 예술의 껍질이
얻어맞아
빗겨가는 마지막 자리는
검은 북풍이 떨어지는
털이 난 습지
늙은 세포의
항구

항구의 밑창에는
노여움에 겨운
불만의 집들이
늘어섰다
오해의 빛을
내뿜는 태양 아래
열난 집들이

집들은 더러
회의를 열고
더러는 소리 없이
천한 박수를 치고 있다
저걸 보라
저걸
실패여

구속의 빗장을
튼튼히 걸고

징역의 쓰디쓴 술잔을

기울이는
나의 싸늘한 질문
젊은 계약의 잎들을 따는
질문을

虛空 · 1
—— 이영일 시인께 답하여

이가 하나씩 빠질 때마다
허공을 하나씩 얻는다
있던 것을 하나 잃고
없던 것을 하나 가진다
허공도 이젠 존재이다

虛空·2

빠진 이를 갖다 버리고 의치를 끼운다
있던 허공이 그러나 없어지는 건 아니다
잠시 동안 그저 메워져 있을 뿐이다
없던 믿음이 곧 허위인지라 의치를 빼어놓으면
허공은 또 뻐끔 열리어온다
허공은 이미 존재였기 때문에
존재도 워낙 허공이기 때문에

虛空·3

동그라미 속에 동그라미 얼굴을 그려

놓은 다음 그 얼굴을 쳐다본다

동그라미 속에 바람이 들어간다

거, 참, 실강이 짓을 한다

동그라미의 아이들이

또 돋아난다 자꾸만 손짓을 한다

동그라미 속에 동그라미의 얼굴을 그려

놓은 다음 그 얼굴을 쳐다본다

거, 참, 우리는 살아 있다

虛空·4

믿음의 믿음의 믿음아
몇번이나 믿음을 포개어 보았건만
부질없구나 소용없구나

믿음 안 믿음 밖 드나들어 보았건만
믿음 밖 믿음 뒤 가리고 숨어 보았건만
믿음 위 믿음 밑 날고 깔려 보았건만

옆으로 옆으로만 믿음은 빗겨나갈 뿐
오른켠 왼켠 믿음의 자리는 자리를 잃을 뿐

믿음 안에 넣어둘 것이 없구나
믿음 밖에 빼어둘 것이 없구나
믿음 앞에 걸어둘 것이 없구나
믿음 뒤에 남겨둘 것이 없구나
믿음 위에 덮어둘 것이 없구나
믿음 밑에 접어둘 것이 없구나

그렇다면 오라 돌아오라
믿음의 믿음의 믿음아 미안하지만

제자리로 곧 돌아오려무나

끝내 믿지 않음의 믿음
믿음의 별난 별이 되어 미안하지만
반짝 좀 반짝여주려무나

　어떤 이는 정신을 얘기하고 그것이 사물의 가장 정수리
에 있다 하며, 어떤 이는 몸을 얘기하고 그것이 마음(맘)
과 어원적으로도 그렇거니와 철학적으로 맞닿아 있어 그
경계짓기가 퍽이나 힘들다 한다 그뿐인가 어떤 이는 또
한 걸음 더 나아가 몸이야말로 우리의 정신과 육체가 함
께 잠자리에 들어 서로 살부비며——그야말로!——몸 할
딱이는 소우주요 우리 인류의 개체를 규정하는 최소 변별
단위체라는 것이다 아니다 그렇지 않다, 김광규처럼 또또
어떤 이는 절규한다 사물의 가장 정수리에는 사물의 어머
니/아버지 육체가 있고 그것이 사물의 아버지/어머니 정
신을 감싸안고 있다 육체는 그러니까 우리의 맘과 몸의
영혼을 저장하고 있는 세칭 정신의 대우주, 라고. 모두
값진 잡언들이다

虛空·8

나의 말씀은 영영 가고
너의 말씀만 살아남아
시부렁거리고 있다

뿌리에 물을 주지 않아도
잘도 자라나는 것이었다
말씀을 타고 앉은 말씀

서로 토라져 누운 밤
그래, 너는 대답이 없다
너의 말씀은 영영 가고

나의 말씀만 돋아나
시부렁대고 있을 뿐
정령이 돌아서 돌아서

아무리 딸랑여도 소용없다
말씀을 눌러 앉은 말씀
정말 깜깜 불통이다

컬트詩·1

우리는 손톱을 애무한다
손톱은 자라나 우리 집을 덮고

우리 집 담장을 넘어
손톱은 외출한다

외출한 손톱은 손톱 以上이 되어
손톱이 아닌 것이 되어

손톱을 초월하여
발톱이 되어

빈 곳을 더듬다가
빈 만큼 후벼대다가

우리에게 되돌아온다
우리의 발바닥 곁에 누워

긴 손발로 우리의 손톱을
매만지며 애무한다

그럼, 그렇지, 그럼
흰 가면을 쓴 채

근친상간을 하는 것 아닌가
오, 아니 그런가

시샘이 나서 우리는
느닷없이 자리에서 일어나

손톱을 초월하여
발톱이 된 손톱을

깨물기도 한다 한밤에
우리의 손톱의 이빨로

컬트詩 · 2

서울 안의 사람들이
서울 밖의 사람들을 미워할 때
서울은 크지 않는 법

서울 밖의 사람들이
서울 안의 사람들을 미워할 때
서울은 크지 않는 법

서울 안 서울 밖 사람들이
서울 밖 서울 안 사람들을
서로서로 사랑할 때

우리 서울은 북악이 뜨고
남산이 웃고 대공원에서
마음 놓고 연애할 수 있는

더욱 큰 도시가 되는 법
풍성한 도시가 되는 법
아아아아 사랑의 서울 안팎

컬트詩·3

하늘의 손과
하늘의 발
사이엔

하늘의 배꼽이
까아맣게
박혀 있고

땅의 코와
땅의 무릎
사이엔

땅의 젖꼭지가
뽀오얗게
젖어 있고

그리
고
또

하늘땅
그
사이

날아가는
새의 머리와 새의 다리
사이엔

부리에서 돋아난 낱말들이
빠알갛게

떨며 있고

그리
고
또또

언어 새 언어
그
사이

날아가는
너의 어깨와 너의 허리
사이엔

너 ㅏ의 혼돈이
하이얗게
흔들리며 있고

* 너 ㅏ (윤영순의 데뷔作) : (나(/)너) 또는 (너(/)나)를 의미하는 기
  호소.

협동

우리 집은 손이 네 개이다
번역을 해도
둘은 초벌
둘은 다듬는다

젊은 베르테르의
슬픔을 저 둘이
초벌로 끝내면
이 둘이 그걸 다듬고

이 둘이 젊은
베르테르의 기쁨을
초벌로 끝내면
저 둘이 그걸 다듬고

우리 집에서 나아가
거리를 산책할 때
두 지팡이에
한 몸 그림자이다

바깥쪽 손 하나
지팡이 한 개씩 잡고
안쪽 손 하나 서로
팔짱에 꼭 끼워 잡고

함께, 中立의 마을을

손에는 네가 준 천사의 영국제 손 장갑을, 발에는 네가
준 악마의 이탈리아제 구두를, 머리엔 네가 준 악마의 스
위스제 털모자를, 上身엔 네가 준 천사의 오스트리아제
코오트를

끼고 신고 쓰고 걸치고, 중립의 마을을 너와 함께 살았다

콧구멍엔 네가 흉내낸 프랑스제 콧소리를, 귓구멍엔 네
가 흉내낸 독일제 마찰음 소리를, 입구멍엔 네가 흉내낸
유고슬라비아의 입막음 소리를, 눈구멍엔 네가 흉내낸 콩
고의 상아 안경 부딪힘 소리를

내며 튕기며 넣으며 밟으며, 중립의 마을을 너와 함께
살았다

페터 캄플, 나를 죽였다가 다시금 살린 마지막 친구, 잊
을 수 없는 친구야

학문을 버리고

학문을 버리고 경부고속도로를 딸랑거리는 사륜차에 얹
히어 달린다

생애의 첨두에 서서 무덤에 누운 어머님을 뵙는다 날
한정없이 버린 아버님을 뵙는다

생애의 첨두에 서서 슬픈 쇠붙이들을 싣고 경부고속도
로를 달리면 아, 시원하다

생활의 아픔에 얹히어 딸랑거리는 10톤급 사륜차 위에
서 아, 신난다

육이오가 아니면 일본제국주의 시대의 폐물이다 그 위
의 1톤급 삶의 무게다 그걸 계량기에 달고 신경질을 달
래며

아암, 날아간다 경부고속도로

양산頌

꿈인가
생시인가

어머님의
얼굴

거기
입안으로

들어간다
내가……

중심에
호올로 누워

이따금
요동을 치면

가만히
잠재우는 손

그리워
그리워

등촌 부르스

　서울로 이사를 했다 서울은 서울이되 서울이 아직 아닌
등촌 뒷골목 한강에 등을 댄 채 우리의 집은 숨어 있다
날이 새면 어디선가 비둘기들이 여럿 날아와 창문 앞 지
붕 위에서 구구거린다 언젠가 내몰라라 차버린 옛 애인이
둔갑하여 사랑을 돌려달라고 애걸하는 소리인 듯도 하고
아니면 나를 돈 없어 지겹다고 사정없이 내버린 그 여인
이 이제금 탈을 쓰고 되돌아와 다수굿 고개 숙여 함께 앉
은 듯하기도 하고, 아무튼 다시 사랑을 놀이해 보자는 수
작들인가 선거 덕으로 보도 한 자락 마알갛게 정돈된 뒷
거리 그 끝의 門 안에 깊숙이 들앉아 몇몇 비둘기 첩들을
거느리고 오늘을 산다

어느 수녀의 빵

　　말라 굳은 빵을 버리려다가 문득 한 추억을 떠올리며
바싹바싹 씹어 넘긴다 이 빵을 안 먹으면 그 대신 다른
빵 하나를 먹어야 하니 그럴 때 빵 한 개 때문에 인생을
망친 장발장이 생각난다 내가 안 먹고 버리면, 그래서 다
른 빵 하나를 축내면 아프리카의 어느 한 아이가 한 개
빵을 굶는다 또또 생각나는 게 있다 바로 그것이다 언젠
가 오스트리아의 어느 수녀원을 방문했을 때다 청순한 오
십 고개의 한 수녀가 정원의 청소를 막 끝내고 내 곁 벤
치에 앉아 메마른 빵을 기도와 함께 먹고 있다 딱딱히 굳
어 있는 그것을 겨우 쪼개어…… 그래, 그것이다 바로 그
것이다 내가 시방 굳은 빵 하나를 버리지 않고 타자의 한
개의 배고픔을 홀연히 깨닫게 된 것은

좋다 만 일

오랜만에 고향에 들러 맥도날드에 잠시 앉았다
저쪽 창가에 앉아 있던 한 아가씨가 빤히 나를 쳐다본다
환갑을 바라보는 나이에도 젊은 여성이라면 오금이 저
린다
나 역시 자꾸만 눈길을 보낸다 못본 체 곁눈질로만

은근히 눈길을 던진다 사십 년 전 옛 애인을 발견한 듯이
남성여고 그 여학생 등교길에 서로 마주칠 때면 얼굴이
홍시처럼 바알갛게 달아올랐지 나는 늘상 정평, 용호와
함께 등교길을 다녔는데 그놈들 그녀를 볼 때마다 홍당무

온다고 나를 그녀 쪽으로 밀쳐대었지 영주동 언덕길은
지금은
훤히 아스팔트가 깔려 있지만 그땐 자연석이 울뚱불뚱
솟아 있는 산길이었어 낄낄대는 놈들에게 떠밀려 그녀
에게 닿으면
내 가슴 콩콩거려 아찔했었지 홍당무는 정말 홍당무가

되어 불꽃처럼 피해 달아났었고…… 지금 고향 하늘 어
디쯤에선가

중늙은이가 되어 손자 손녀 무릎에 얹어놓고 살고 있겠
지 그 영혼

오늘 한 아가씨가 되어 옛 생명인 듯 나를 꼬누어 보누
나 이젠

미소까지 띄우며 내 곁에 다가와 앉는구나 삼촌 나예요
나 기선이

* 내 막둥이 질녀는 박기선이다. 올해 스물다섯이다. 삼 년 만의 만남
  이고, 이젠 립스틱 짙게 바른 그녀를 알아보지 못했다.

합정頌

　P의 집은 1년 반 전에 안산에서 등촌으로 옮겨 왔습니다 처음엔 70-1번이나 70-2번 버스를 타고 당산역까지 가서, 거기, 푸르디 푸른 2호선 전철을 타고 한강을 넘어갔습니다 한강의 물결도 푸르다 못해 진푸르게 잔잔하고……

　당산철교가, 그러나, 이상이 있다고 발표된 직후부터 P는 588번이나 129번 버스를 탑니다 양화대교를 건너, 합정에 내려, 거기서 한강에 운좋게 떨어지지 않고 달려온 2호선 전철을 잡아탑니다 안도의 희망의 전철입니다

　전철이 가령 한강에 떨어지면 P는 출근에 늦지? 지각을 하지? 때문에 당산철교는 무조건, 영원히 무사해야 합니다 철교가 무너지면 수백의 동포가 목숨을 잃거나 부상을 당할 게 뻔합니다 그것은 인류의 모욕이지? 신성모독이지?

　합정에 가면, 어쨌든 간에, 한강에 떨어질 필요가 없습니다 좀 기다렸다가 운좋게 한강을 넘어온 푸르디푸른, 희망의 전철을 얼른 타기만 하면 됩니다 무엇보다 합정에 가면, 설령 사고가 나도 본인에겐 이상이 없기 때문입니다 전철이 영영 오지 않을 때

　거기서 다시 버스를 탈 수도 있습니다 거미줄 같은 행

선을 따라 직장에 무사 출근, 월급날 월급을 제대로 타기
만 하면 됩니다 설령 사고일진대 신문에 대서특필될 터이
고 TV에도 몽짜로 떠들어댈 터이니까 설령 그렇더라
도……

완전 항복

나는 녹초가 되어 떨어진다
떨어졌다가 어둠의 어느 구석에서 뒹굴다가 또 일어선다
난데없이 불통이 되었다가 얄팍얄팍 똑똑이가 되었다가
껑충 한 걸음 뛰어올라 옆차기를 하다가
신나게 또 날아오른다 날았다가 적중일격을 얻어맞고
또 떨어진다
이젠 영영 일어서지 못한다

그 모두가 이긴 길 아닌가

S 타령

S와 함께 앉아 있었던 벤치에 오늘 호올로 앉아 없는 S
를 포옹한다

S는 이제 T에게로 마음은 물론 몸마저 기울어 곁을 떠
난 지도 오오래이다

T는 그러나 M과 어젯밤 꽤 이슥하도록 데이트를 즐기
고 되돌아와

지금 늦잠을 자고 있다 꿈속에서 S에게 너만을 사랑한
다고 마냥 속삭인다

M은 그런데 내일 오후 P와 성북구 변두리에 함께 살
셋방을 구하러 다녀야 한다

P는 그러나 모레 저녁 K와 식사를 하고 영화를 보기로
약속되어 있다

K는 J와 보름 후 부모님들과 친지들의 축복을 받으며
약혼한다

J는 일 년 전 을지로 입구에서 우연히 S를 만나 여관에
간 적이 있다

S와 함께 앉아 있었던 벤치에 오늘 호올로 앉아 나는 S
를 포옹한다

춤

언어 속엔
가벼운
나의 지구가 돌고
부서진
나의 규율
나의 지구를 따라
가벼운
나의 여자가 돌고
있는 듯
없는 듯
신명나게
나의 청춘이 돌고
언어 속엔
또
바람난
너와 나의 이야기
우리의 역사가 돌고
연기 나는
갈채의 꽃들이 돌고
어지러운

자유가 돌고
그리고
그리고
언어 속엔
이념의 찌꺼기
나의 여자가
배설한
음악이 돌고

늦깎이 청강생

여학생들 틈에 끼여 홍성암 교수의
강의를 듣는다 죽을 때까지
배우고 닦아야 하기
때문이다

나는 맹세코 카톨릭 신자이며
그렇지만 냉담자 명단에 들어 있는 게
숨길 수 없는 사실이고
그래서 대화 중에 종교 얘기나
천국 따위의 얘기가 나올 때면
부끄러워 앞사람의 눈길을 슬쩍 피하는 축인데

외국문학도가 국문학의 도를 닦으면
연옥 정도는 확보될 것 같아
요즘 꽤 열심이다
신앙은 잃었지만 문학은 죽을 때까지다
죽지 않고 살아 있는 한!

이 글은 그런데 마누라가 읽으면 큰일 나니
또 꼬집힐 테니 시집엔 아예 넣지 않을래

그녀는 매우 독실한
카톨릭 신자이니깐

* 홍성암: 소설가, 동덕여자대학교 국문과 교수
  연옥: 지옥과 천국 사이에 위치함

山과 川

마산 갈매기가
늦저녁에
전화를 했다
짝이 없어 그러는데
잠시 짝이 되어주지 않겠느냐고
하룬들 기다릴 수 없으니
당장 밤차를 타고 馬
山에 올 수 없느냐고……
뒷물을 끝내고
이미 仁川 갈매기와
침대에 가지런히 누워 있던
서울 건달이 엉뚱한 대꾸를 한다
자기는 山보다는
내(川)가 훨씬 더 좋다고
그래서 지금 물장구치며 흥겹게 놀고 있는 중이라
다음에 보자고

타령 散調

山城에 올라 막걸이를 몇 사발씩 들이키고 어와 지화자 좋을씨고 어얼씨구 춤추며 내려오네

미리내 바윗등에 걸터앉아 한참을 냄새 고약한 발 때 씻고 지지리 못난 콧구멍도 후벼대곤 하다가 저 건너 양산 쪽을 하염없이 치켜다 보네

쪽지 편지 입에 물려 산비둘기 한 쌍 한양으로 날려보낸 지도 어즈버 몇몇 달인고, 아직도 감감 무소식이로구나 활활 속만 켕기는구나

내 벼슬 다 내어놓고 통도사 샛길 지나 여기 금정산 기슭으로 쫓겨온 지 어언 5, 6년, 벽촌에 묻히어 허허로운 세월의 억울함이여 무상함이여

시대가 하수상하여 못내 조신함이 마땅했다 하거늘 내 어쩌다 몸 한번 까딱 잘못 놀린 것이 죄 아닌 대죄가 되었으니 정녕 이럴 수 있단 말인가 원, 참, 이럴 수가……

한양 님 하도 그리워(?) 오늘도 山城에 올라 먼 푸른 하늘로 타는 입술 문지르며 하소연을 띄우다가 막걸리 타령 흥얼대며 어와 저얼씨구 춤추며 내려오네

* 「정과정곡」이 작자의 첫 귀양지 동래에서 작시되었다는 학설에 따름. 동래 금정산 꼭대기 山城마을에는 찹쌀막걸리 맛이 일품이렷다.

긴 바람소리

당신의 머리털 하나와 약혼을 하고, 당신의 손가락 하
나와 이제 결혼을 했네 먼 구름, 아슬한 하늘, 빛과 소리
들을 보듬고 당신의 두 눈알은 깊이 내 마음의 물에 잠겨
있으니, 나 말고 또 누가 당신 곁에 앉아 긴 바람소리 낼
수 있으리 또 당신을 가지런히 얹어 그만 그만 눕힐 수
있으리 당신의 속바지 끝의 실올 하나와 천사의 계약을
맺고, 당신의 귀밑 볼 검은 딱지 하나와 하늘님 언약을
얻고서, 풀처럼 흙처럼 함께 살 부비며 살고저……

품바

　　고향 본적 출생지가 없다 본인은 1940년 1월 22일 경남 고성군 고성읍 죽계리 576번지에서 태어났다 아니다 그건 틀렸다 읍내의 군청에 허위 신고되어 기입된 한낱 사문서일 뿐이다 본인은 1939년 일본 북구슈 어느 탄광철광촌에서 태어났다 아니다 그건 틀렸다 시집의 저자 소개란에 앵무새 소리처럼 적당히 담아놓은 허례허식일 뿐이다 본인의 본적은 뷰명코 부산시 중구 동광동 5가 16번지이다 아니다 그건 틀렸다 구청 호적계에서 편리상 엎히어 있는 아버지와 어느 공무원의 한판 담합일 뿐이다 본적은 법적으로 정당히 고칠 수 있었기 때문이다 출생지도 법적으로 마냥 고칠 수 있고 고향도 집의 대문짝을 와락 떼어내어 새로 달 수 있듯 화안하게 새로 단장해 놓을 수 있었기 때문이다 아아 본인은 출생지 본적 고향이 없다 그래서 품바품바 하며 내내 구름처럼 떠도는 몸이렷다 유럽에서 긴 바람소리 내며 유럽으로 흘러다니다가 경기도 광명으로 불시에 잠입한 후 인천 서울 수원 변두리를 안개되어 숨어 다니다가 무심코 협궤열차를 타고 경기도 안산시 선부동 1086번지에 당도해 있는 중이다 오늘은 시와 자유의 총무 이해웅이 못 견디게 들볶는 통에 잡문 하날 꾸며서 명색이 詩라는 이름을 딱 붙여 황급히 우송한다 부산 출생 배상박 씨가 고향으로

괜찮은 하루

부산, 임수생한테서
1월 말까지
원고 독촉장.

광화문, 지하도에서
이유경을 만났음
헤어졌음. 안녕.

종로, 종각에서
정진규에게 보낼
번역시. 열어보고
또 닫고.
으흠. 그래. 침묵.

혜화동, 우체국에서
김수경에게 엽서
띄우고 하늘로 한번
코웃음. 흥.

느즉해서

집으로 왔음. 이승훈
한테서 온 전화 메모
좀, 좀 만나자고.

마누라는 아직
돌아오지 않았음. 제엔장
또 웬일이냐
또또. 또또또.

訟事·1
—— 어느 승소의 경우

쨉을 먹인다 가까스로 닿을 만큼 내뻗었다가
재빨리 되접어 뒤로 제낀다 그냥 횡하니 나가
뻗을 대로 다 뻗어버릴 때 자칫 혼자 무고로
떨어질 위험이 있기 때문이다 원 스텝 투 스텝으로
요리조리 험한 사각의 링을 맴돌고 다니다가
짐짓 한번 크게 휘둘러 보기도 한다 까르랑
위협의 찬바람 소리 푹푹거려 보기도 한다 쨉이
그러나 최고다 역공의 어퍼컷을 맞을 위험도 덜
하거니와 그게 곧 최상의 방어책이기도 하기 때문이다
닿을 듯 말 듯 두 번을 때리고 세 번은 조히 피하기다
쓰리 스텝으로 뒤로 물러나기다 처자를 위해서는

訟事 · 2
——어느 패소의 경우

  립스틱은 여자를 지키는 힘, 이라고 MBC의 어느 CF가 속삭인다 지극히 지당한 말씀이시다 장삿속으로 그냥 내깔기는 것 그것만이 아니라 참나무처럼 진실이 참하게 속살로 실려 있는 소리이시다 21세기를 목전에 두고서도 아직도 우리 문화는 경제가 삼겹살인 만큼 그저 삼겹살로 머물 뿐이며 그 맨 위 표피에 립스틱이 쬐금 묻히어 있는 정도일 게라고 폄하하는 버릇이 여전하다 아니다 결코 그렇지가 않다 어느 뿔난 시인처럼 우리도 이젠 큰기침하며 왕왕 소리쳐야 한다 립스틱 짙게 바르고 예쁜 석류들아 석류들아 너희는 이 땅 깊숙이 빠알간 입술을 꽂고 더욱 굳세게 다짐하며 일어서야 할 때다 함께 완강히 빨아대야 살고 새침하게 빨리기만 할 때 너희는 백 번을 죽고도 남는다 아암, 천 번을 죽어 옳고 마땅할 일이렷다

부부애

설거지를 도맡아 한다
방바닥을 환히 닦는다
더러 빨래도 한다
그대를 더욱 착취하기 위해
아암, 내가 좀더 오래 살기 위해

그대가 허리병이 도지거나
또 몸살을 앓거나
하기라도 한다면,
내가 밥을 제때 얻어먹을 수 없게 되고
어쩌다 그대 영영 눕게라도 되는 날이면
난 어떻게 되는 거냐 으응? 응?

나도 덩달아 병이 나 걸을 수 없고
연구도 못하고 월급도 못 받게 되면, 그럼 어떻게 되냐
내가 살기 위해 그대가 살아야 하고
그대가 살기 위해 최소한 월급이 필요하니
월급을 받으려면 또
내가 건강히 움직여야 하니

더러 빨래를 한다
방바닥을 환히 닦는다
설거지를 도맡아 하기도 한다
그대를 더욱 착취하기 위해
아암, 사랑이 더욱 필요하니까

近業抄·1

병자년 초입에 빙그르르
뇌에서 물결치는 소리
길을 걸어도 좌우로
기우뚱 휘둥댄다
오십견이 올 때도
놀랬고, 하지만
올 게 온 것이로구나 했는데
예순이 아직 멀었는데도
웬 낯선 전갈이냐
병자년 초입에 빙그르르
세상 내외가 파도치는 소리
엄중한 문책의 그
소리 소리들

* 제명은 서정주 옹께 감사함.

近業抄・2

　먼지란 존재이다 그 존재를 먹고 우리는 존재 위의 존
재가 된다 존재 밖의 존재가 된다

　네가 먹은 먼지는 몸이 되어 맘이 되어 떨고 있다 이
눈오는 날에 존재 안의 존재 안에서

외유의 길에서

개의 똥은 똥이 아니다 오히려 꽃이다
때문에 사람들은 숱하게 널려 있는 똥을
보고서도 정작 꽃 냄새를 맡는 듯하다

고개를 들고 인사한다 끄뜩 들면
그게 바로 잘하는 인사이기 때문이다
거리에서 서서 먹고 가면서도 그냥 먹고

시와 때를 좀 가려도 먹는 데에 있어
장소는 전혀 가리지 않는다 가령
연인들끼리 키스를 할 때도 그렇다 장소

를 가리지 않는다 먹을 때와는 달리
키스하는 일은 시와 때도 아예 가리지 않는다
오직 둘만의 일이렷다 그렇다 때문에

비록 거리에서건 공원의 벤치 위에서건
도서관에서건 아랑곳없이 마구 쪽쪽인다
우린 뭐하냐 대관절 뭣하고들 있냐

인사할 때 제발 고개 고이 숙이지 말자
시와 때와 장소를 가리지 말고 입맞추자
거리에서 서서 먹고 가면서도 그냥 먹자

……미친 놈!

행복이 불행을 포옹할 때

행복한 자들은 불행이란 오로지 놀고 게으른 탓이라고
만 생각한다
가령 으와 어를 구별해서 발음할 수 없는 불행한 사람
들과
으와 어를 구별해서 발음할 수 있는 행복한 사람들이
함께
덩어리져 살고 있는 어느 나라에서는 후자는 전자의
슬픈 천형을 이해하지 못한다 왜 그럴까 엄청 이상해
하기만 한다
음성학을 연구해서라도 발성을 고쳐보려고 아예 노력조차
하지 않는다고 혀를 끌끌 차기만 한다 회심의 미소도
지운다
하지만 우와 위, 오와 외를 구별해서 발음할 수 없는
영어권 사람들은 저마다 행복하기만 하다 잘들잘들 논다
오히려 그걸 확연히 구별할 줄 아는 타어권 사람들이
대개
불행을 겪고 있다 모두들 여념없이 일만 하고 있는데도
말이다
행복이 불행을 감싸안으면서 안타까워 몸 부벼줄 때
온 나라의 통일은 오는 것 온 세계의 평화는 우리의 것

바람난 詩

안길 듯한 사이즈
터질 듯한 파워

음질과 품질을
더해 주는 수퍼 기능

그래그래
잘도 팔리는 구나

첨단 잡음
제거 기능엔

돌비 BC타입이
으뜸이라

편리하고 착 들어맞는
방송 수신엔

14채널
자동 선국일진대

음색도 마음대로
5밴드 이퀄라이저

간편한 작동
전자식 데그라

최신 녹음 기능
마이크 믹싱이렷다

CD플레이어
연결해 놓으면

AV시스템
설계 엔딩

외래어가
너무 많아 많아
베리 굳
트레 비엥

아, 참, 제어 굳
난 되일어쟁이니깐

가슴이 터질 듯한
감동의 맥스파워

가슴에 안길 듯한
슬림 사이즈

* 위의 텍스트는 윅클리 푸싼 넘버원에서 표절 믹서하였음.

떠돌이 詩人

순수시를 쓰든 참여시를 쓰든
순수시이기도 하고 참여시이기도 한
시를 쓰든
순수시도 아니요 참여시도 아닌
그 중간 삼삼한 것
그 무엇을 쓰든
어쨌든
쓰고 있는 한
나는
살아 있다

살아 있다
나는
쓰고 있는 한
어떻든
그 무엇을 쓰든

그 중간 삼삼한 것
순수시도 아니요 참여시도 아닌
순수시이기도 하고 참여시이기도 한

시를 쓰든
순수시를 쓰든 참여시를 쓰든

어쨌든
나는
쓰고 있다
살아 있는 한

어쨌든
나는
시인이다
쓰고 있는 한

이의 있으면
말해 보라
너는
진짜냐

일흔 개의 별과 하늘과 바람

──조용각 이사장님 고희를 맞아

高麗의 딸들이

종종걸음으로

배움의 門을 드나드는

맨 앞자리에

당신은 의연히 앉아

당신은 그

뜻 높은 歷史의 수레바퀴를

힘있게 굴리어왔거니

이제

일흔 개의 별과 하늘과

바람의 그 雄志

속 깊히 몽오리 지어

화알짝

木花의 향기로

꽃밭으로 열리어 있음이여

오늘과

내일에의

이 푸른 약속

이 풋풋한 소망의 나무들이

미래를 지키고

민족의 어머니
따스한 조국의 젖줄이 되어
먼 長江으로 흐를지니
당신은
오, 당신은
이 찬란한 동더의 언덕 위에
드높히 起立하여
영원한 생명의 힘

영원한 女性을 키우는
영혼의 소리
되소서
목마른 大地의
숲의 빗물이 되소서
우르릉한 맥박이
되소서
당신의 은혜로운
손발과 머리
온몸
온몸으로

이 희망이 얼비치는
月谷의 언덕
봄가람의 꽃밭에서
당신은
이제
새가 되고
바람이 되어
별, 꽃별이 되어
오오래 사소서
高麗의 딸들을
넉넉히 자라게 하는
큰 하늘
되소서

시와 하늘

1판 1쇄 찍음 — 2001년 2월 26일
1판 1쇄 펴냄 — 2001년 3월 5일

지은이 — 박상배
펴낸이 — 박맹호
펴낸곳 — (주)민음사

출판등록 1966.5.19. 제16-490호
서울시 강남구 신사동 506번지 강남출판문화센터 5층 (우)135-887
대표전화 515-2000/팩시밀리 515-2007
www.minumsa.com

ⓒ 박상배, 2001. Printed in Seoul, Korea

ISBN 89-374-0692-6 03810